AF358116

VENTE
Du Samedi 27 Décembre 1902
HOTEL DROUOT, SALLE N° 7
à 2 heures

OBJETS D'ART

ET

D'AMEUBLEMENT

BIJOUX, ORFÈVRERIE, FAIENCES

MEUBLES — TAPISSERIES

Mᵉ PAUL CHEVALLIER, commissaire-priseur
MM. MANNHEIM, experts

CATALOGUE

DES

OBJETS D'ART

ET

D'AMEUBLEMENT

BIJOUX, ORFÈVRERIE, FAIENCES

OBJETS VARIÉS, SCULPTURES

MEUBLES — TAPISSERIES

DONT LA VENTE AURA LIEU

HOTEL DROUOT, SALLE N° 7

LE SAMEDI 27 DÉCEMBRE 1902

à deux heures

COMMISSAIRE-PRISEUR	EXPERTS
Mᵉ PAUL CHEVALLIER	**MM. MANNHEIM**
10, rue Grange-Batelière	7, rue Saint-Georges

EXPOSITION PUBLIQUE

Le Vendredi 26 Décembre 1902, de 1 h. 1/2 à 5 h. 1/2

CONDITIONS DE LA VENTE

Elle sera faite au comptant.

Les acquéreurs paieront *dix pour cent* en sus des prix d'adjudication.

Paris — Imp. de l'Art, E. Moreau et Cᵢₑ, 41, rue de la Victoire.

DÉSIGNATION

CÉRAMIQUE

1 — Groupe en terre vernissée : la Vierge et l'Enfant Jésus, accompagnés d'anges tenant des fleurs de lis. XVIIᵉ siècle.

2 — Dix-neuf couteaux à manches de porcelaine dure, à fleurettes en bleu.

3 — Pot à eau et cuvette : pois dorés. Ancienne porcelaine de Paris.

4 — Petit plat octogone : panier de fleurs, guirlandes à la chute. Ancienne faïence de Rouen.

5 — Petit plat octogone : panier de fleurs, lambrequins à la chute. Ancienne faïence de Rouen.

6 — Assiette : corbeilles de fleurs et raisins, guirlandes au marli. Ancienne faïence de Rouen.

7 — Assiette décorée en bleu : lambrequins et guirlandes à fleurs. Ancienne faïence de Rouen.

BIJOUX, ORFÈVRERIE

OBJETS DE VITRINE

8 — Châtelaine en cuivre, ornée d'un médaillon ovale.

9 — Dix boutons ornés de fixés.

10 — Diadème, bas or et grenats.

11 — Collier enrichi de roses et de petits rubis.

12 — Collier en or, décoré de médaillons émaillés.

13 — Chapelet en or et perles.

14 — Croix-pendentif et deux pendants d'oreilles enrichis de roses.

15 — Paire de pendants d'oreilles, or et émeraudes.

16 — Paire de pendants d'oreilles, or, argent et roses.

17 — Bague, or et diamants-tables.

18 — Trois bagues variées, montées or et argent.

19 — Reliquaire-pendentif en argent doré et émeraudes.

20 — Petit violon en argent.

21 — Deux petites cuillères variées et petit cadre en argent.

22 — Tasse à déguster en argent.

23 — Deux candélabres, à trois lumières, en argent, décor de cannelures obliques.

24 — Deux flambeaux, tiges à pans, armoiries gravées.

25 — Coffret revêtu d'argent, de travail oriental.

26 — Bracelet-gourmette, or.

27 — Bracelet, or et demi-perles.

28 — Paire de candélabres, à deux lumières, en argent, à fleurs.

29 — Deux saucières, argent, style Louis XVI. *Maison Risler et Carré.*

30 — Deux légumiers, avec couvercles, en argent. *Maison Risler et Carré.*

31 — Légumier, avec couvercle, plateau et double-fond en argent, à cannelures et rocailles.

32 — Légumier, avec couvercle, en argent ; anses à rocailles.

33 — Marmite, avec couvercle, en terre, garnie d'argent.

34 — Légumier, avec couvercle, en terre, garni d'argent.

35 — Écuelle, avec couvercle, en argent ; bouton de couvercle, forme grenade.

36 — Cinq plateaux-coquilles en argent.

37 — Deux plats variés en argent : rocailles et oves.

38 — Bougeoir et deux petits flambeaux, argent.

39 — Tasse Empire et soucoupe, argent doré : petites feuilles gravées.

40-41 — Cafetière, deux sucriers, pot à lait, gobelet, tire-lire, flacon à thé, moutardier, encrier, passoire et boîte, argent.

42 — Deux coupes, cristal, sur pieds en argent.

43 — Douze petits gobelets, argent.

44 — Quatre salières côtelées, argent.

45 — Quatre flacons, cristal et argent.

46 — Quatre carafes, cristal et argent anglais, avec dessous de carafes garnis argent.

47 — Bouillotte, argent anglais.

48 — Grande tasse et soucoupe, argent uni.

49 — Cuiller et fourchette à fruits, argent.

50 — Trois bouchons, garnis argent.

51 — Montre en or émaillé, de *Le Roy, à Paris*.

52 — Coffret en argent gravé.

53 — Boîte plate en argent niellé, de travail russe.

54 — Boîte en cuivre et nacre, Louis XV.

55 — Carnet relié en cuivre et nacre.

56 — Deux boîtes variées, agate, l'une, garnie argent doré.

57 — Petite fourchette et couteau, nacre et argent, dans son écrin.

58 — Éventail décoré au vernis, à sujet militaire. xviiie siècle.

59 — Éventail décoré au vernis, à sujet de chasse, de style antique. xviiie siècle.

60 — Éventail en ivoire : feuille en étoffe avec paillettes à sujet mythologique.

61 — Petite boîte ronde en argent émaillé ; intérieur doré. Travail russe.

62 — Petite tasse, avec soucoupe et cuiller, argent ; décor de fleurs.

OBJETS VARIÉS

63 — Bas-relief albâtre, à sujet saint.

64 — Coffret, à couvercle bombé, recouvert de soie rose brodée à fleurs et oiseaux, de la fin du xvie siècle.

65 — Boîte pour pochette, garnie de cuivre.

66 — Grande malle, couverte en point de Hongrie, avec entrée de serrure en cuivre, du xviie siècle.

67 — Tabernacle en bois doré : colonnettes à cannelures obliques, frise de rinceaux ; décor de peintures : gloires d'anges. xviie siècle.

68 — Fronton en bois sculpté aux armes d'un pape. Commencement du xviiie siècle.

69 — Bois de cerf, avec statuette en bois sculpté. xviie siècle.

70 — Porte de cabinet en bois incrusté d'os gravé. xviie siècle.

71 — Petit panneau en ébène gravée. xviie siècle. Encadré.

72 — Pied de siège Régence, fronton-guirlande Louis XVI et fleurs de lis. Bois.

73 — Arbalète en bois incrusté d'os. Allemagne. Commencement du xviie siècle.

74 — Deux pertuisanes.

75 — Deux marteaux d'armes, cuivre, fer.

76 — Deux mors : l'un, Renaissance, à bossettes de cuivre chiffrées ; l'autre, Louis XV, à bossettes de cuivre également.

77 — Deux chaînes de harnachement, fer gravé. xviie siècle.

78 — Trois cornes, dont une en cuivre, clochette en cuivre, et triangle.

79 — Six pulvérins, en corne, fer, étoffe, xviie et xviiie siècles ; et blague à tabac, forme chaussure.

80 — Deux petits tableaux : le Christ et la Vierge.

81 — Médaillon peint : Sainte Famille ; petite gravure, panneau découpé, deux cadres à miniatures, petit reliquaire, bois doré, et petit cadre, bois sculpté.

82 — Sac avec olives de jeu de cavagnole, dit trou-madame, et deux cornets pour dés, cuir.

83 — Petite balance et deux écrans à mains, broderie au point.

84 — Deux petites casseroles, moule à gâteau, petite théière, petit devant de foyer et gobelet, cuivre.

85-86 — Quatre couronnes de Vierges, en cuivre doré et métal. xviiie siècle.

87 — Couronne de Vierge, ornée de fleurs de lis, en fer doré. xviie siècle.

88 — Réchaud carré en cuivre gravé, du xviie siècle, et petit support à trois pieds rocaille, cuivre.

89 — Serrure en cuivre gravé, à sujets saints; mécanisme compliqué. xviiie siècle.

90 — Petit soufflet de foyer et petit balai à coulisse.

91 — Grille pain Louis XVI.

92 — Médaille de Louis XII, cadre ovale en cuivre doré, et croix d'ordre en cuivre.

93 — Petit buste du Dante en bronze vert.

94 — Cinq pilons et deux mouvements de montres.

95 — Deux petites lampes à six becs, bronze.

96 — Petite bassinoire et petit moule à gaufres en cuivre.

97 — Deux petites lampes : l'une, de suspension; l'autre, à main, bronze.

98 — Deux petits bénitiers-appliques en bronze.

99 — Deux modèles de chenets, broche, pincettes, petite armature, marmite et petit fer à repasser, fer et fonte.

100 — Applique de serrure, ornée d'une couronne et de levriers, clé décorée d'une couronne et pince articulée.

101 — Deux cavaliers-appliques, petit fronton, à l'aigle Empire, cuivre. xviie siècle.

102 — Petit bénitier, orné d'anges, et deux petits bas-reliefs à sujets saints, bronze. xvii° siècle.

103 — Petit Christ en bronze. xiiie siècle.

104 — Quatre bossettes en cuivre de diverses époques, médaille de plomb : les de Witt, et trois cuillers, cuivre.

105 — Deux calices, un couvercle, trois burettes, étain.

106 — Moutardier, deux flacons à thé, étain.

107 — Petite fontaine, tasse à déguster et godet de rouet en étain.

108 — Deux flambeaux en cuivre ajouré, genre Renaissance.

109 — Deux petits bas-reliefs variés en cire : portraits d'officiers.

110 — Deux vases à cols évasés en bronze du Japon ; anses-chimères.

111 — Quatre volumes : la Chasse du chevreuil, les Races du chien français, Méditations de Descartes, Secrets de médecine.

112 — Christ en ivoire, sur croix, en bois noir, incrusté de nacre.

113 — Groupe en marbre blanc, par *Madrassi : Gros chagrin.* — Haut., 1 mètre.

114 — Buste en marbre blanc, grandeur nature, d'enfant costumé.

MEUBLES, TAPISSERIES

115 — Petit corps de meuble en bois sculpté. XVIe siècle.

116 — Petit modèle de meuble en bois sculpté, à une porte. XVIe siècle.

117 — Grande cage en fer peint du temps de Louis XVI.

118 — Vitrine-étagèré de milieu en chêne.

119 — Petit coffre italien en bois sculpté et peint.

120 — Deux chevalets de peintre.

121 — Glace dans un cadre en bois doré, à feuillages et coquilles. XVIIe siècle.

122 — Baromètre-thermomètre en bois sculpté, peint vert et doré, à feuillages. Époque Louis XV.

123 — Quatre fauteuils cannés en bois laqué blanc; coussins en soie jaune brochée.

124 — Tricoteuse en acajou et cuivre.

125 — Meuble vitré, à une porte, en bois, décoré au vernis : fleurs sur fond vert.

126 — Clavecin en bois, orné de peintures à sujets mythologiques; pourtour décoré de compartiments : scènes de danses de paysans, etc.; intérieur également à sujets mythologiques. Une des touches porte l'inscription : *Rainaldus de Benonis mutinensis fecit Bononie. 1736.*

127 — Table en bois sculpté, à pieds cannelés, ceinture à entrelacs et guirlandes ; croisillon orné d'un vase. Dessus de marbre vert de mer. Style Louis XVI. Copie d'un meuble du palais de Compiègne.

128 — Console en bois ajouré et doré, à deux pieds ; décor de coquilles et rinceaux. Dessus de marbre.

129 — Table-toilette Louis XV en bois de placage.

130 — Lit en bois sculpté, à fleurs, rubans et coquilles.

131 — Cabinet espagnol en bois, intérieur incrusté d'os ; garnitures de fer doré ; base à tiroirs et portes.

132 — Meuble de salon composé de deux canapés, quatre fauteuils et deux chaises en acajou, couverts en tapisserie au point : initiales et fleurs sur fond blanc.

133 — Lutrin en bois sculpté, formé d'un aigle, sur tige-balustre et base à trois pans. XVIIe siècle.

134 — Quatre tapisseries modernes : sujets de chasse ; bordures simulant des cadres.